직장인
의　시

직 장 인 의 시

| 문현기 시집 |

미디어샘

시인의 말

시를 쓰게 된 계기가 있다

주말에 이발을 하고 출근한 월요일에,
팀장님이 나의 부모보다 먼저
이발한 사실을 눈치 채고는
내가 현기 씨 부모님보다 현기 씨를 오래 보잖아-라고 했을 때
나는 적잖이 충격을 받았다
이게 무언가 싶어서, 자본주의에 대한 책들을 사서 읽어보았다

잘은 모르겠으나
노동자는 시간 가치를 통해
생산 수단을 소유한 자본가에게
노동을 바쳐야 한다는 이야기다

나는 생각했다 회사를 열심히 다녀야겠다고

그리고 남는 시간에 시를 쓰기 시작했다

문현기

차례

시인의 말 5

1부 | 집에를 또 못 간다

사이 10

몰랐어요 12

타이레놀 13

기획서 15

스마트폰 출근길 16

모기 18

파리 19

죽자 20

삶의 범위 23

집에 가는 길 24

주간 날씨 26

또 시작 27

손의 힘 28

연휴 31

사내의 비밀 32

연변에서 걸려온 전화 35

할 말 1 36

하루살이 38

째! 째! 째! 40

노란 장화를 신은 아이 42

마케팅 직원 44

친구들 47

카드깡 48

탕비실 50

여행 가는 길 52

지인의 결혼 55

반성 56

도시의 소화 과정 58

커피 60

별 63

나이 64

백태 66

한 개비 대화 67

캐나다구스 68

연쇄반응 69

하루 꿀꺽 70

눈꺼풀 72

2부 | 남으로 창을 내겠소

너의 전화 77

간격 78

강○ 81

오지 않는 밤 82

새벽 83

희망 84

당신에게 86

부부 89

아내의 손가락 91

도시락 92

물 빠진 꿈 95

신발 96

키드 97

추억하기 98

눈 99

관성 100

선생님 102

엄마의 파마 머리 104

할 말 2 107

적은 있지만 적은 없다 108

나의 둘레 111

양면 잠바 112

새해 다짐 114

시를 쓰는 순간 시가 읽히는 순간 116

씀 117

출간 118

집에를
또 못
간다

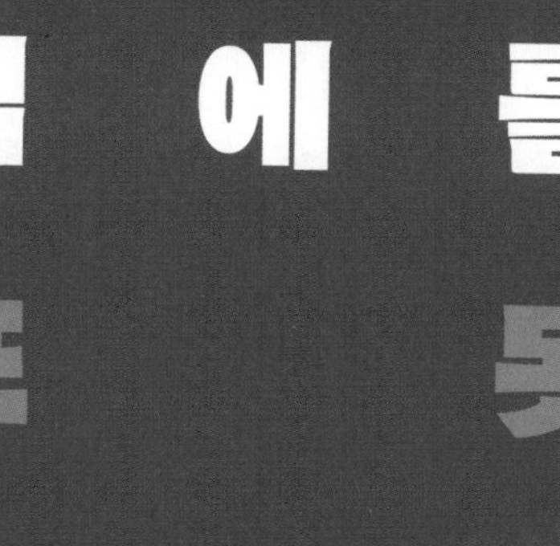

사이

내가 다니는 회사는
부장과 대리 사이에 과장이 있고
팀장과 사원 사이에 주임이 있다

가끔
사람과 사람 사이에 무엇이 있는지
기억나지 않을 때가 있다

몰랐어요

문대리 미안해, 몰랐어요

몰랐음을 능숙하게 사용하는 사람들

강, 중, 약 선풍기처럼
무지의 버튼을 돌려가며
나의 열불을 조절한다

마무리는 자연풍처럼 자연스럽게
반들반들한 사과를 한 개 던져주는

알다가도 모를,
알면서도 모를,
모를 준비가 되어 있는 당신들

타이레놀

타이레놀 씹다가
유행했던 광고 카피가 생각났다

당신이 머리 아픈 건
남보다 더 열정적이기 때문입니다

아니다

내가 머리 아픈 건
나보다 당신들이 더 열정적이기 때문입니다

집에를 또 못 간다

기획서

기획서 쓸 때는

목적, 현황, 방향, 내용, 비용 순으로
작성해야 한다고 배워서

7년째 딴맘 먹지 않고
돌림노래를 부르는 중이다

나로 말할 것 같으면

1) 목적은 집에 가는 것이고요
2) 현황은 형편없습니다
3) 방향은 완전히 잃었고
4) 내용은 부실하기 짝이 없습죠

5) 비용이 없어서 오늘도 줄기차게 같은 노래를
부른다

스마트폰 출근길

上, 위로 올리며
오늘의 뉴스를 확인한다

下, 아래로 쓸어내리며
사람들의 일상을 더듬는다

左, 듣기 싫은 말들을
저 멀리 밀어내버리고

右, 사진첩을 넘기며
보고 싶은 사람 얼굴 두드려보고

모기

물고 물리는 세상에
물려서 가려우면
그나마 다행이지

파리

수습이 안 되는 세상에
빌어서 해결되면
그나마 다행이지

죽자

모처럼 만난 친구들이 반갑다

회사 때문에, 자식 때문에
만나지 못해도 이제는 납득이 갈
수천 개의 사연을 뚫고

내일은 연휴에, 맥주잔은 꽉 찼는데
오래오래 살고 싶은 날에,
이구동성으로 오늘 죽자고 한다

이상한 놈들, 오래오래 살고 싶은 날마다

야, 오늘 죽자!

삶의 범위

집의 평수만큼
가족의 크기를 조절하며 살아왔고

버는 돈만큼
꿈의 크기를 좁히며 살아간다

집에 가는 법

나는 집에 간다

지름 1.5cm의
이어폰의 이야기 들으며

직경 5.5inch의
스마트폰의 얼굴 바라보며

주간 날씨

아침이슬 부르던 어른들이
참이슬을 연방 따라 마시는 새벽

진로 못 정한 친구들이
진로와 새우깡을 마주하는 저녁

먼지 구름 낀 서울의 오후에 잘 어울리는
클라우드
오늘도 흐림이야

한국의 오또상도 간바레할 수 있는 아침이 올까

또 시작

덜컹거리는 지하철
앞에서 신문을 읽고 있는 남자

거대한 분화구가 번쩍이는 정수리를 지나,
인생의 현이 하나둘 튕겨나가는
뜯어진 실밥 삐져나온 네이비 정장 재킷

열에 아홉은 들고 다니는
같은 브랜드의 가방

한 손엔 스마트폰 한 손엔 삶의 무게
어제와 내일을 꼭 빼닮은 오늘. 또 시작

손의 힘

잊고 있었다
피로와 권태를 물리치는 힘은
비타500이 아니고, 비타1000은 더욱 아니고

황갈색 유리병을 건네주는
손에 있다는 것을

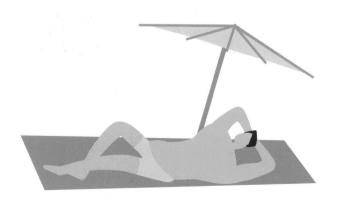

연휴

자비로운 부처님이 길일에 오셔서
삼 일을 쉬었다

일배, 하루를 쉬면서 업무를 잊었다
이배, 이틀을 쉬면서 거래처를 잊었다
삼배, 삼 일을 쉬면서 직급과 소속을 잊었다

불가의 가르침을 휴가 중에 깨우쳤다

사내의 비밀

두드리는 것은 키보드만이 아니고
끓는 것은 커피잔만이 아닐 거예요

○군과 ○양의 파티션을 넘나드는
아지랑이 보아하니

봄이 창밖에만 오는 것은 아닌가봐요

연변에서 걸려온 전화

화요일 사무실의 오후
전화통에 불이 나는 시간에 걸려온 한 통의
전화
연변에서 온 외국인 고객님

때로는 나의 계좌를 걱정해주는 자상한 은행원,
오늘은 나의 신용정보에 호기심 많은 민중의
지팡이 경찰,
다재다능한 사나이

그쪽 업무는 어때요, 인사고과는 안녕하신지
사무실에 울려 퍼지는 슬픈 외국어

할 말 1

술만 들어가면 할 말이 그렇게나 많던 선배들은
오래 걸어온 길에서 할 말을 다 잊었는지
인생이라는 재판에서 함구라도 지시받았는지
말없이 술잔만 기울인다

그들의 흥분을 불러일으켰던 독한 소주가
이제는 그들을 잘 타이르고 달래는
순한 소주의 시대가 되었다

이제 할 말이 없나요, 우리 할 말 참 많았는데
할 말만 삼키고들 있네요

애는 잘 커요, 제수씨는 잘 지내니,
서로에게

서로가 아닌 사람들의 소식만 줄기차게 묻고
생의 궤도가 크게 이탈하지 않았음을 체크하고
서로의 맞은편에서 택시를 기다리며

갈 길 간다

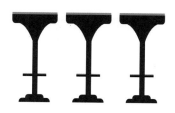

하루살이

집에 오는 길에
눈앞에 하루살이가 아른

아무리 벌레라지만 어떻게
하루살이라는 이름을 지어줬을까
제 이름의 뜻을 알면 얼마나 마음 아플지

깊은 밤 퇴근길에 하루살이 환승하다

째? 째? 째?

아침 8시의 고속터미널역
7번 출구로 나와 날개 없는 사람들
익숙한 풍경 위로
참새와 까치가 영역 다툼을 시작했다

참새는 구반포 늘어진 전봇대를 기반으로,
까치는 신반포 2층 빌딩 스타벅스 지붕을 기지
삼아

구령에 맞춰 대오를 이루고
버스 갈아타는 사람들
머리 위로

아침이면 가! 가! 가!
밤이 되면 째! 째! 째!

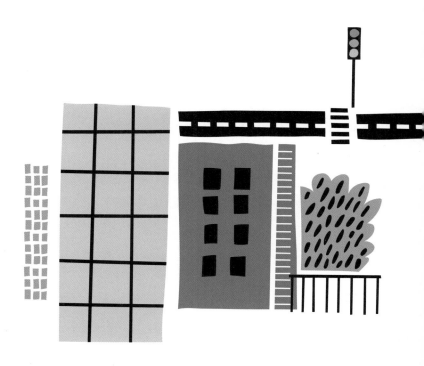

노란 장화를 신은 아이

사무실 창밖으로
노란 장화를 신은 아이가 빌딩숲을 지나간다

구두굽이 피해가는
고인 웅덩이만 골라 밟으며

발소리 스며든 빗길엔
고요한 파문이 흩어진다

아이가 처음으로 신어본 장화
최초로 맞닥뜨린 하늘의 낙수
장화와 빗길이 한 덩이가 되어 흘러내린다

마케팅 직원

지난 밤 할머니가 집에 오셨다
나란히 앉아 이야기해본 것이 얼마만인지

당신은
내가 책을 얼마나 좋아하는지 기억하기에
출판사에서 일하는 나의 선택을
누구보다 잘 이해해주신다

나의 과거를 기억함으로
내 삶의 일관성을 선명하게 해주는 가족을
만나는 일은 언제나 기분 좋다

나는 출판사의 마케팅팀 소속이다
할머니가 내 직업에 대해 물어보길,

"책을 쓰는 일을 하니"
"그건 편집자들이 하죠"

"책을 만드는 일을 하니"
"그건 제본소에서 하고요"

"책을 판매하는 일을 하니"
"그건 서점 직원들 몫이에요"

대화가 여기까지 이뤄지자,
당신은 당신이 생각하는 바에서
'내가 할 것 같은 일'은 모두 말한 것 같다며,
그럼
너는 무슨 일을 하는 거냐— 라고 물으셨다

설명이 길어질 것 같아
책을 광고 홍보하는 일을 한다— 고
에둘러 말씀드렸으나,

스스로도 하고 있는 일에 대해
뚜렷하게 정리하지 못하는 건 부끄러운 일이다
8년차임에도 불구,
내가 먹고사는 일의 윤곽을 그리기가 버거울
때가 `있다

친구들

옛 친구는 언제나 반갑다

고성과 다툼이 오가고 삐치고
누가 누구랑 싸우고 다신 안볼 듯 헤어져도

기억이라는 같은 엄마의 뱃속에서 나고 자란
형제니까

카드깡

통장 돈 빠져나가는 것도 핸드폰으로
알림이 뜨는데
마음이라는 게 얼마나 불편한 노릇인지
알림 없이 들어왔다
알림 없이 나간다
가져갈 땐 수수료라도 남기던지
잔고도 없이
카드깡으로 쓰고 나면 남는 건
흥청망청 갖다 바친 마음의 영수증뿐

탕비실

주말을 앞둔 사무실,
창밖에는 비가 내리고

옥상에 고인 웅덩이에
새들이 모여 빗물을 나눠 마신다

우리는 탕비실에 모여 종이컵 우그리며
믹스커피 녹아드는 동안
다가오는 주말을 이야기하고

여행 가는 길

더 일찍 일어나고
덜 피곤한 신기한 새벽

아이스커피와 햄버거를 손에 들고.

가자 가자

맛집 핫플레이스 카페 추천
항공권 특가 제주 렌트 오션 리조트

이렇게 좋은데
우리는 왜 서로가 아닌 다른 이들과
평일의 대부분을 함께 하고 있을까

저만치서 울리고 있는 거래처 전화를,
언젠가 받기는 해야겠지?

지인의 결혼

번들거리는 하객용 정장에
반짝이는 구두는 성스러운 날의 상징

당신이 보내준 축의금을
잘 보관했다가 돌려드립니다

야근의 피로를 사랑의 힘으로 물리친
오늘, 행운의 부부

반성

첫 출근을 기억하는가
반짝이는 사원증과 빳빳한 와이셔츠
마침내 사회의 품으로 들어온 것이
참 감격스럽기도 하다만

금세 거대한 벽에 가로막혀 첫 삽을 뜨다보면,
삽질로 가득한 제 무덤에
고개를 반쯤 박고 있는 얼굴은 흙투성이가 되고

밤 9시에서 12시까지만 기억나는 인생
1년 365일 중 주말 96일만 사는 인생

난 이러려고 태어난 게 아니야 자조해보지만
이러지 않고서는 살 수조차 없으니까

어떡하지, 뭘 어떻게 해 노력이나 더 해봐야지
좋아하는 것이 참 많았는데
이제 떠오르지도 않네

도시의 소화 과정

내장처럼 꼬여 있는 서울의 지하철로
눌러 담은 사람들의 온기가
겨울에는 나쁘지 않지

가다, 서다, 힘을 줬다, 뺐다, 열렸다,

이윽고 검은 터널로 흘러 들어가
사이사이 역마다 사람을 배설해내고

커피

에티오피아 대지에서 나고 자란 자그마한 콩들,
배 타고 차 타고 알알이 굴러
여기 서울시 성동구 행당로
사무실까지 흘러들어왔다

머리 나빠질까봐 고등학생 돼서도
마신 적이 없는데,
안 좋은 머리 덕에
커피 들이부으며 살고 있다

오늘도 분쇄기에 보고서 갈아 넣으며
달달 볶여 검게 탄 속내를,
월급으로 우려내는 향기
매일 찾는 중독성 있는 삶

별

　지친 동료가 말하길, 사람 하나 없는 시골에
내려가서
　별이 가득한 하늘 보면서 살고 싶다는데
　나는 서울 하늘 아래 별들이 더 좋다

　헤드라이트, 네온사인, 24시간 편의점의 불빛
　인간이 쏘아 올리는 작은 별

　사랑한다, 인간들아

나이

내 책상에는
영양제, 미니 난로, 팔목 쿠션, 로션

립밤을 처덕처덕 바르며
예전에는 보습 같은 거
신경도 안 쓰고 잘 살았는데

날씨가 맛이 간 건지 내가 맛이 간 건지
내 목숨 내가 챙겨야 하는 나이가 맛이 간 건지

생각이 많아지면 더 춥게 느껴지는

65

백태

허연 안개 낀 듯 탁한 혀를
백태가 꼈다고 한다

나이 먹으면 생기고,
단맛, 쓴맛, 신맛, 매운맛.
맛을 잘 못 느끼게 하는 주범

인생에 낀 백태가
새로운 경험과 신선한 자극을 막는다

내가 흘린 땀의 육수에
시뻘건 피로 양념 치고
뜨거운 입김으로 팔팔 끓인
인생이라는 요리를 맛보고 싶다

단맛! 쓴맛! 신맛! 매운맛!

한 개비 대화

담배를 피우는 이유는 한숨을 볼 수 있어서다

형이상학적인 시름과 한 줄기 주름
하얀 육신의 시뻘건 피를 핥아
검은 심연으로 거듭난다

생각이 많은 건 없는 것과 같으니
마지막 말은 비벼 *끄기*로 한다

캐나다구스

출근하는 겨울 길,
여섯 마리 빨간 캐나다산 거위를 만났다

거위 털 뽑듯
개성을 강제 제모한

연쇄반응

아침 지하철
내려가는 에스컬레이터 앞에 서 있는
비어 있는 뒤통수 아재들

자기도 모르게 정수리 더듬는 손들이
줄지어 내려오는

하루 꿀꺽

하루 반갑의 담배를 태워 없애고
반통의 사탕을 먹어 치우고

버스, 지하철, 사무실, 변기
17시간 앉고 1시간 걷고 6시간 누워 있으면
하루가 꿀꺽이다

읽고읽고읽고읽고 듣고듣고듣고 말하고말하고
한 번 겨우 생각하고 나면
저문 해는 온데간데없지

하루 중 가장 진솔한 대화는
집에 가는 택시 기사 아저씨와 나누고
나머지는 대개 반짝 웃는 것으로 해결하면 된다

방전된 희망은 내일의 태양으로 충전하면 되니
가능한 먼 곳으로 나를 데려가보자

눈꺼풀

비에 젖은 땅을 뚫고
고개를 쏙 내민 지렁이와 눈이 마주쳤다

개미의 다리와 잠자리의 날개를
손으로 만져본 게 언제지

그런 것만 쫓던 시절이 있었다
나와 다른 것들
다름의 경이로움

출근길엔 아예 눈을 감아버린다,
더 이상 새로울 것도 없으니

보는 것만 믿다보니
믿는 것만 보게 된다

세 번째 눈꺼풀을 닫는다

2부

남으로

창을 내

겠소

너의 전화

퇴근길,
같은 길을 한 시간 맴돌며
전화기 붙잡은 얼어붙는 손

콧물 훌쩍이는 검은 파카는 감정의 무게에 눌려
그치지 않는 미소

그래, 겨울은 잘못한 게 없어

간격

모진 말로 상대를 헤집지 않고
그 자리에 멈춰서서
헤아려볼 수 있는 마음의 여유

기어코 알아내고픈 것들을
알지 못하는 채로 놔두는 질문의 여지

카톡을 보내고 '1'이 사라지고
그녀가 내게 보낼 말들을 상상해보는 여백
입술과 입술이 다가서는 지근거리

우리의 모든 사랑은
밀착이 아닌, 간격에서 태어났다

채워지지 않은 가능성을
주사위처럼 손에 넣고 흔들어보는 게임
다음엔 어떤 숫자가 나올지

당신과,
손잡지 않은 채로 이 길을 걷는다

강○

○남으로 창을 내겠소
엄마야 누나야 강○ 살자

닿지 않는
강 이남의 이야기

오지 않는 밤

아내가 잠든 밤
슬며시 일어나 한강 둑을 따라 걷는다

풀 한 포기 없는, 철교 밑 고른 땅에 주저앉아
무한으로 뻗어 있는 대칭의 교각 사이로
강 이남에 앉아 있는 사람들을 바라본다

머리 위를 흘러가는 지하철과
눈동자 가로지르는 강물 사이에서

오지 않은 나의 밤을 기다린다

새벽

홀로 눈 뜬
피로의 밤과 불안의 아침 사이

고요히 잠든 세상 속으로
잠시 나와 길을 걷는다

길을 걷다가 스치는 찰나에
문득 돌아보며 만난 적이 있었던가
고개 갸우뚱 하게 되는

모습은 익숙한데 도무지
이름이 생각나지 않는다 할 때쯤
자취 감추는

궁금해 죽겠다가도, 일상, 이를테면

시원한 날의 맑은 바람,
반가운 이를 만나는 주말의 오후,
때로는 내 아버지와 어머니의 얼굴에 숨어
잊히고

온몸에 엎질러져 흥건해진
온기 같은 것들을 눈치 채지 못한 채
그게 이름이 뭐였더라— 하고
머리를 긁적이고 말아버리는

희망

당신에게

지금의 무게를 느껴보려고
당신을 업어본 적 있었지
지금의 온도 느끼려고
당신의 손을 잡았어

지금이 지금으로 존재하기 위해선
나는 당신을 마주하고 있어야 해

지금, 당신이 곁에 있으면

부부

두 실타래가 있다

긴 세월, 풀리고 뭉치다,
기어코 씨줄과 날줄로 만난 두 사람

감정의 선線이 교차하며 예쁜 옷 한 벌이
되었다

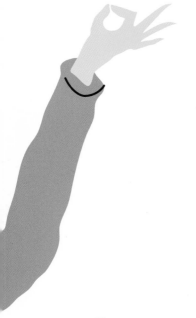

아내의 손가락

약지를 건네며 반지를 끼워달라던 아내는
요즘엔 실없는 농담을 하면 중지부터 꺼내요
옷 그렇게 개지 말라고 검지로 삿대질을 하고요
달달한 디저트라도 사와야 엄지를 척 들죠

그래도 예쁜 내 새끼 손가락

도시락

초등학교부터 중학교까지
어머니에게 도시락을 얻어먹었다

그리고 오늘
아내가 챙겨준 도시락을 들고 출근한다

난 한 번도
조리사의 컨디션을 생각해본 적이 없다
도시락에서 입으로
음식 옮기기에 늘 바빴지

난 그녀들이
한 끼의 식사를 준비하는 것을 지켜본 적이
없다
재료를 사와서 고르고 씻고 다듬고 자르고
끓이는 모든 것

어머니와 아내는 언제, 누구와 이 식사를
준비했는가

젓가락을 바라본다 언제나 나를 향하고 있다
그리고 나를 지탱해준
이 한 쌍의 젓가락

물 빠진 꿈

다음 주에 신을 양말이 없어 세탁기 돌린다

오전엔 청소, 오후엔 빨래
착한 남편의 주말 성공 비결

오래된 꿈을 한 장 한 장 세탁기에 밀어 넣는다
표백을 해도, 유연제를 들이부어도
비루했던 과거의 얼룩이
도무지 지워지지 않는다

문이 닫힌다
회전목마가 돌아가고
시간의 원심력에 탈탈 털린 것들
물 빠진 꿈들이 하늘하늘 널린 채 부유하고
있다

신발

신발과 내가 닮은 점
조여 매도 이내 곧 풀린다는 것

키드

2020원더키디를 보며
꿈을 키우던 아이들은,
응답하라1994 앞에 모여
추억만 떠올리고 있다

순간마다 '원더링' 했던 어제의 감각과
메아리 같은 '응답'만 기다리는 내일 사이에서

오지 않던 미래와
오지 않을 과거를 떠올리며
오늘도 무럭무럭

추억하기

앞으로 나아갈 힘을 잃었나
앞으로 나아가야 할 이유를 잊었나
과거를 더듬는
현재의 유령이
지하철 창문에 검게 흔들리고 있다

눈

고등학생 때,
수학 선생님의 눈을 빤히 들여다본 적이 있다

누런 흰자위와 검붉은 모세혈관
그때 나는 저것이 어른의 눈이라고 생각했다

출근길
거울 속에서 그날의 눈을 들여다본다

관성

어느 날부터
들었던 음악을 듣고 또 듣는다

본 적이 있는 영화
읽은 적이 있는 책
만난 적이 있는 사람

낯선 것을 지우는 데 익숙해졌다
숨도 쉬던 거라 계속 쉬고 있는 건 아닌지

선생님

나이 지긋한 어른들에게는
모두 선생님이라고 부르던 때가 있었다

先生 먼저 나온 사람

요즘에는 후생님들이 부럽다

엄마의 파마 머리

엄마가 거울 앞에 서 있다
새롭게 한 파마 머리가 마음에 들지 않는
듯하다
잘 감기지 않았는지 애꿎은 파마 약을 원망하며

엄마의 파마 머리는 어디에서나 볼 수 있다
어디에서나 볼 수 있어서
모두 우리 엄마 같다

엄마의 유니폼
세월과 인생이 꼬여 있는 아름다운 나선
기쁨과 아픔이 단정하게 말려 있는
흔들리는 물망초, 꽃잎
우리를 잊지 말라는 엄마의 꽃말

꽃비 내린다

할 말 2

앉았다 일어설 때
허리를 굽힐 때 나도 모르게
끄응 하고 입에서 새어나오는 소리가 늘어나는
건

몸이 꺼내는 말인지
말이 꺼내는 몸인지

할 수 있을 때
더 허리를 굽히고 열심히 살아야 한다는
늦청춘의 경고인지

적은 있지만 적은 없다

들은 적은 있지만 본 적은 없다
배운 적은 있지만 겪은 적은 없다
생각한 적은 있지만 해본 적은 없다

두려움이라는 적

나의 둘레

난 내 삶의 조연이어도 좋다

돋보이거나 앞으로 나아가지 않아도 괜찮다
죽지 않을 만큼의 고통과 손해도 개의치 않는다

나를 둘러싼 이 작은 세계와
내가 좋아하는 사람들이
하루하루가 잘 굴러가고 있음을 종교처럼 믿고
그들의 평화 속에서 안식을 찾을 수만 있다면

인생의 컴퍼스가 장난치듯
나의 중심에 송곳 점을 찍어도
예쁜 원 그릴 수만 있다면

양면 잠바

팔꿈치 덧댄 셔츠와
밑단 해진 바지가
켜켜이 쌓인 옛날 옷장에는

지금처럼 덥지 않은 여름과
지금처럼 춥지 않은 겨울을
버텨내는 양면 잠바 하나 있다

어디로 갔는지도 모를,
해묵은 양면 잠바처럼 내 속 드러낼 일도
줄어든다

세상이 속을 뒤집어놔도
예쁜 모습 보이는 양면 잠바만큼의 여유가
내게 있는지, 물어본다

새해 다짐

달력을 보면
그해가 그해 같은

2019년이 1920년이라 해도
별반 차이 없는 무감각

따지고 보면 양력으로 날짜 세기 전까지
1월 1일은 새해가 아니다
어차피 숫자는 관념놀음

올 한 해를 기억에 선명하게 남기고 싶다
멋진 사건사고를 일으키고 싶다
돌아봤을 때, 해석의 여지가 있는,
움직이는 한 해가 되었으면

시를 쓰는 순간 시가 읽히는 순간

시가 쓰이는 순간과
시가 읽히는 순간이 맞닿기 위해,

교감의 범위를 확장할 수 있게
언어의 순도를 높이는 것이
내가 해야 하는 일이다

입에서 나온 말이 심장을 관통할 수 있는
보다 날카롭고 정교한 말

다른 곳에서 나고 자란 우리가
이 순간 한 지점을 응시할 수 있는
말로 만든 찌

최대한 넓은 공감을 미끼로
극세의 순간에 낚싯대 들어올리기

씀

쓰이지 않는 날이 있다
영어로는 writer's block이라고 한다
주조되지 못한 언어들이
엑셀의 네모난 칸에 갇히는 날

이런 날도 있지!

오늘 나의 쓰임은 다른 것이었나봐
쓰려던 것보다 나의 쓰임새가 압승을 거둔 날
쓴맛과 쓰인맛 사이에서

출간

책을 내게 되었다

야근과 야근 사이에 다듬은 문장에
몇 명의 독자들이 공감할지.

'책을 준비 중'이라고 할 땐
많은 사람들이 응원을 해줬다, 내 기억엔

'책을 냈다'고 말하는 순간
사람들의 시선에서 이질감을 느꼈다, 내 눈엔

'하는 중이다'에 담긴 원래의 삶으로 돌아올 수
있는 가능성-원상복구 및 유턴의-이 '했다'로
종결됐기 때문이다

그래, 나는 책을 내게 되었다
나는 이제 돌아갈 수 없다
나는 계속 가는 중이다

직장인의 시

1판 1쇄 찍음 2018년 12월 10일
1판 1쇄 펴냄 2018년 12월 23일

지은이 문현기
펴낸이 신주현 이정희
마케팅 양경희
디자인 조성미
종이 월드페이퍼
제작 (주)아트인
펴낸곳 미디어샘
출판등록 2009년 11월 11일 제311-2009-33호
주소 03345 서울시 은평구 통일로 856 메트로타워 1117호
전화 02-355-3922
팩스 02-6499-3922
전자우편 mdsam@mdsam.net

ISBN 978-89-6857-109-1 03810

www.mdsam.net